CHUANGYI YINGXIAO · SHOUHUI POP

创意营销·手绘pop

百货
BAIHUO

主编

陆红阳　喻湘龙

编著

黄仁明

广西美术出版社

目录

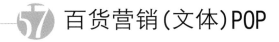

20世纪50年代，自选商店在美国迅速取代了传统的杂货店。自选时代的到来，市场竞争日趋激烈，社会销售观念从传统的以生产者为中心的"卖方市场"转变为以消费者为中心的"买方市场"，在这样的市场竞争白热化的背景下，广告宣传活动也相应得以发展、勃兴和完善。

超级自选商场的出现，加剧了商品的竞争，商家为了迎合和方便消费者，不惜采取各种各样的广告促销手段。"POP"作为"销售点"、"卖场"的广告正是适应了这种新的形势而成为销售策略中的一种强有力的形式。

在整个广告活动过程中，能够在销售场所中与商品结合在一起，凭借自身的强烈色彩、优美的图案、诙谐幽默的构思等特点，直接激发消费者购物欲望，并且能使消费者产生购买行动的是我们今天称之为"POP"的销售点广告。

作为销售点广告的POP形式有很多，而销售场所中最直接、最有效果的是手绘POP的广告形式，本册将重点介绍在百货超市中的手绘POP。

在超级市场中，日用百货类的商品与人们的生活息息相关，产品的种类也是琳琅满目，就是同种产品都会有诸多不同的厂家牌子，它们同置于一处，任消费者自行选择。除了依靠产品的包装、价格等诸多因素共同作用使消费者产生购买动机以外，POP广告作为一个"沉默的推销员"也起到了至关重要的作用。

生活日用百货是人们生活的必需用品，设计者在设计此类商品的POP广告时，应充分了解商品的特点及商家的销售策略，同时对同类竞争的商品加以观察与研究，然后按照个人独特的构思，用最直接的艺术语言把商品最具诱惑力的信息表达出来。此类POP广告应第一考虑的是在销售场所的环境下，站在一个消费者的角度去构思，将视觉的感受放在第一位。

服装类POP应充分了解此品牌服装的内在个性与品位及所面对的消费人群，在设计的风格上与该品牌服装的市场定位及品位与个性相统一，这样既有利于宣传该品牌形象，又能更好地达到销售服务的目的。

化妆品POP广告应注意其自身的特点，运用时尚的色彩、简洁而高贵的字体，通过简洁的构图传达化妆品时尚的特点。体育用品POP广告可通过幽默的插图、强烈的色彩来传达体育用品的特色，从而更好地达到销售的目的。

"所谓好的广告，不是广告本身能引起注意就算好的，而是为了卖东西。"最后以戴维·奥格尔维说过的话来结束本文。是为序。

百货营销

美容 POP

温暖的色彩搭配，突出了主题。

字体设计很有特点哦!

画面的字体、构图都非常得体、专业。

清新的色彩，清新的感觉。

"错"字的夸张效果不错。

不用插图，同样是非常精彩的作品。

香水的味道弥漫了整个空间。

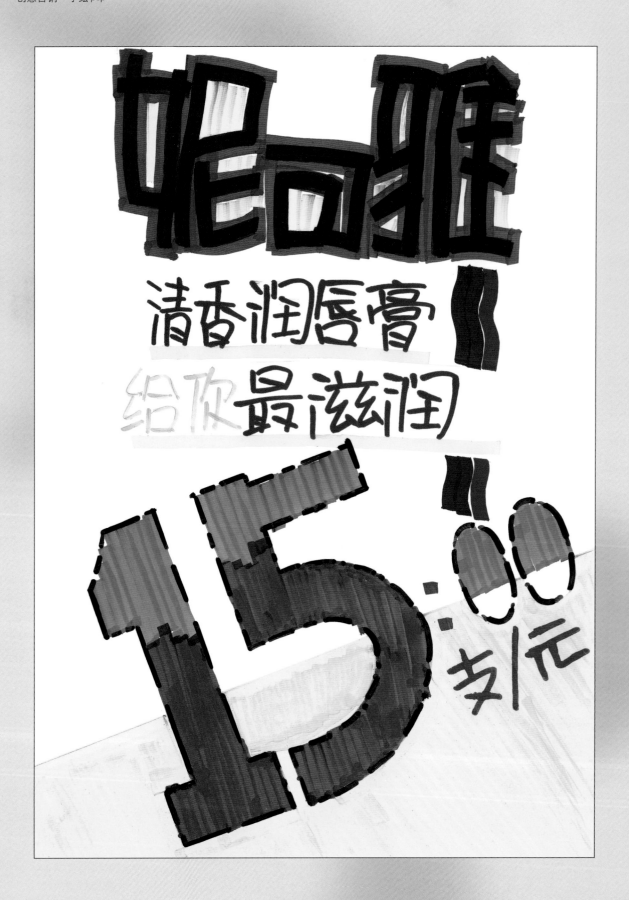

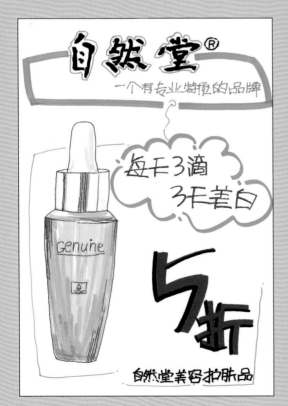

清新、自然的风格一目了然。

绿色的线框让画面整体了。

色彩的搭配颇具时尚感。

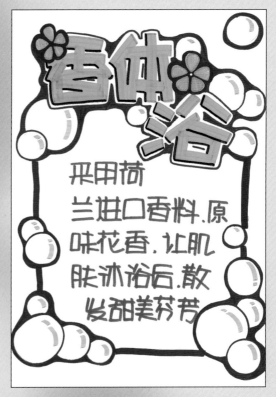

香味四溢的"香体浴"。

很有特点的装饰。

色块和点的应用使画面大气醒目。

格调清新自然。

色彩渲染了主题。

迷人的色彩，有特点的设计。

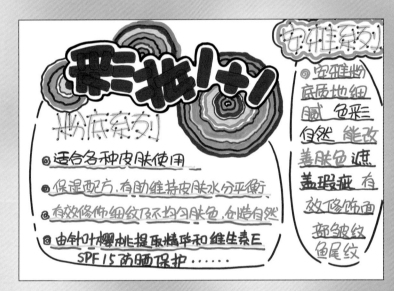

文字很多，但又不显杂乱。

儿童产品当然是让小朋友自己来推荐。

诙谐的插画让人浮想联翩。

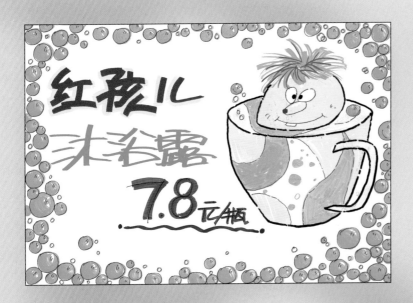

标题字体的设计使效果很突出。

几根随意的线条，让画面如此生动。

百货营销

医药
POP

醒目的字体，可爱的插图，效果真不错。

出色的文案用特别的版式来表现,画面更精彩。

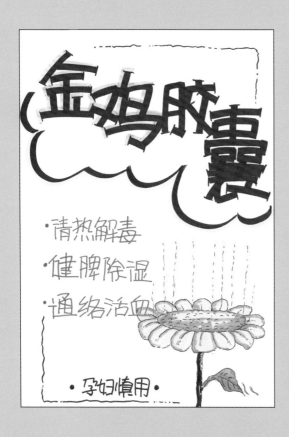

标题和插图在构思上很有特点。

丰满的画面,却不觉得拥挤。

"牙痛不是病,痛起来真要命",插图和文字把这种"痛"表现得淋漓尽致。

可爱的卡通形象使画面充满生机。

插图形象大胆，主题明确。

图形的设计充满了幻想。

精彩的插图，即使是药品广告，也轻松活泼。

秀色可餐的减肥广告。

会跳舞的药丸，减少了人们对药物的恐惧。

黄颜色的标题引人注目。

色彩让只有文字的 pop 富有层次变化。

幽默的插图使严肃的主题变得轻松。

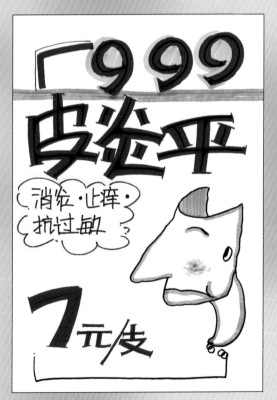

抽象的人物造型，恰到好处。

乌鸡白凤丸

功能

补气养血

调经止带

气血亏引

起的体弱无力

七七堂

运用古装美女做产品的代言人，真是妙不可言。

插图精美，文字精练。

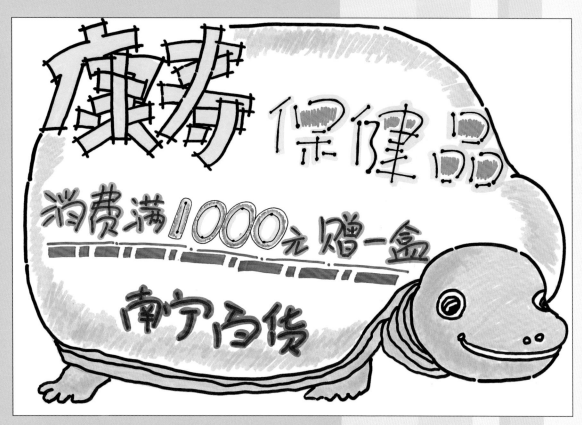

让这只老龟做健康的代言人，不错!

百货营销

服饰

PBP

滑稽的卡通，有特点的构图，色彩搭配也不错。

有创意的版式与轻快的色调结合得天衣无缝。

整个画面的把握很到位。

轻松的画面确实能给人带来喜悦的心情。

哈哈，"大优惠"连袋鼠都按捺不住了。

标题和手提包结合使主题更突出了。

人物与背景色对比强烈，突出主题。

强烈的色彩，使画面清新时尚。

画面充满了一种传统的味道。

突出品牌名称是直接的宣传方式。

诉求直截了当是 POP 广告的一大优点。

字体大小穿插，松紧有致。

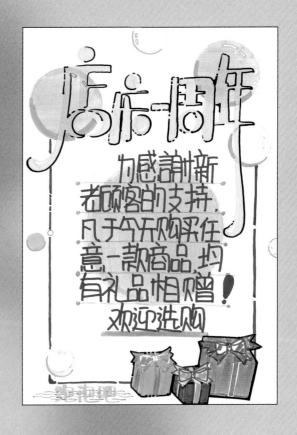

浮雕效果的字体很有力度。

青春靓丽的少女形象，适合年轻受众。

简单明了，视觉冲击力强。

劲爆的男生，劲爆的价格。

卡通人物是诠释儿童产品的能手。

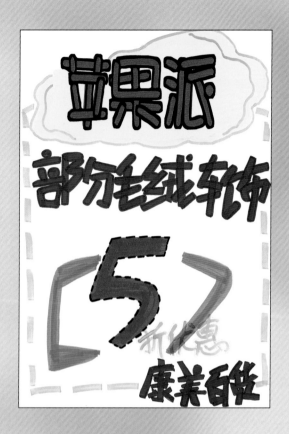

哈日风格的卡通形象很时髦。

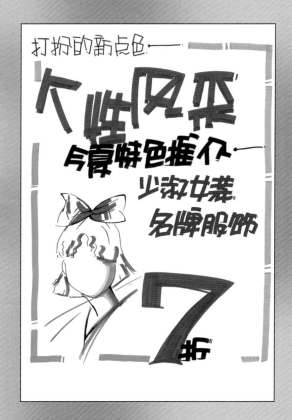

乖巧的小男孩一定会使产品备受小朋友和家长青睐。

简单的颜色塑造十足的个性。

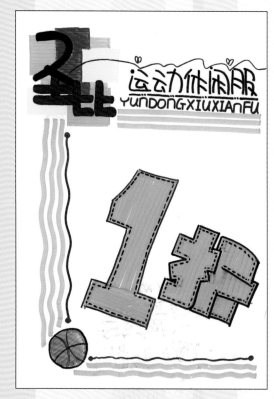

画面的细节为作品增色不少。

极具古典意味的插图尽显服饰风格。

绚丽的色彩、可爱的长颈鹿，让人过目不忘。

时髦的妙龄少女，尽显流行元素。

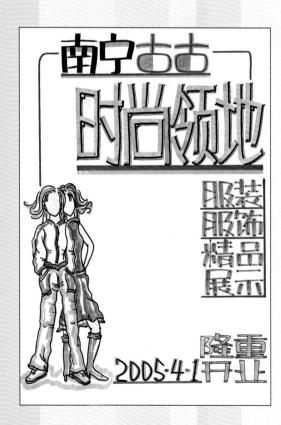

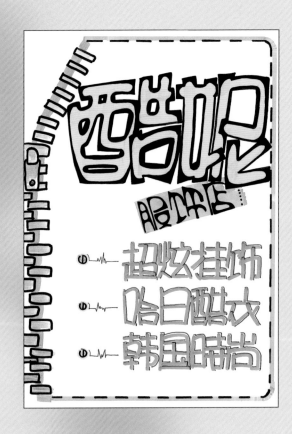

醒目的标题诉求准确。

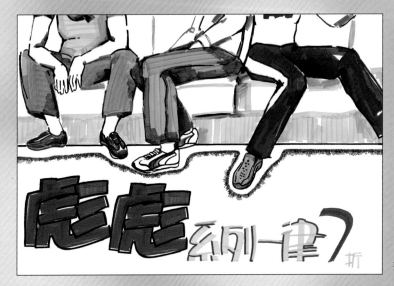

插图的版式很特别。

鲜活的颜色体现产品特点。

百货营销

文体

POP

好形象的"滑板"，标题的文字设计也有特点。

好漂亮的笔记本，一定能吸引不少学生。

具有空间感的特殊画面效果。

红绿搭配，照样协调。

感觉进入卡通的世界。

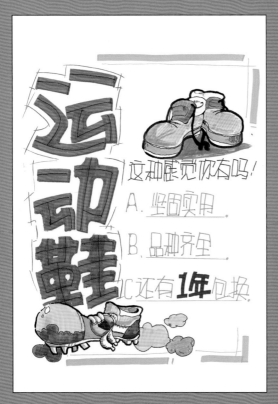

"运动鞋"三个字既坚固又有运动感。

滑稽可爱的卡通增添了不少幽默气氛。

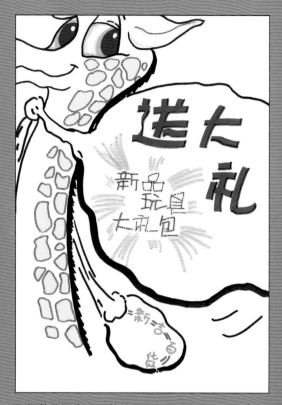

不同的构图有不同的效果。

随意的涂鸦效果让人耳目一新。

形式新颖到位。

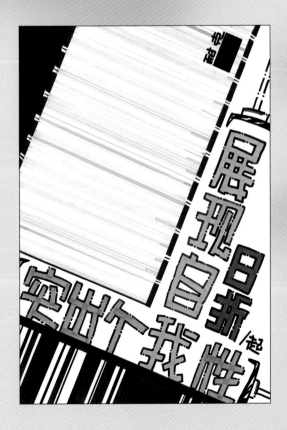

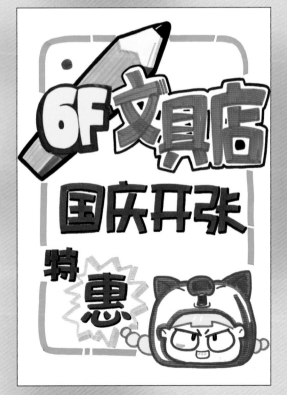

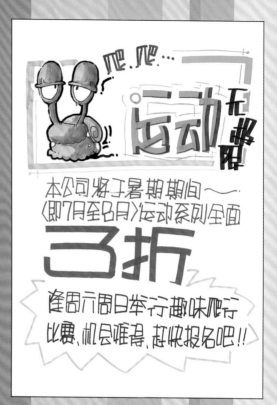

黑色的边框令画面富于变化。

"多彩"的多彩屋，够形象。

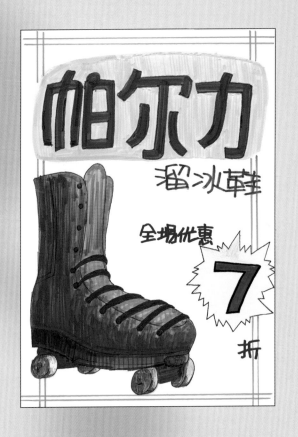

篮球帮助说明主题。

注意它的字体写法，很有力度。

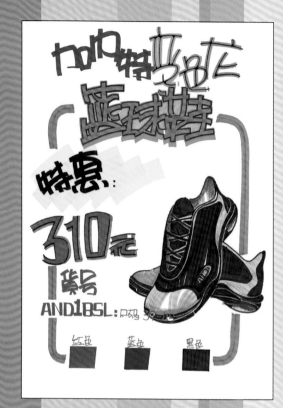

黑色的运动鞋使画面稳重起来。

篮球是面画的重心。

五彩世界，精彩捕捉，广告语不错。

标题设计体现主题。

写实主义的插图带给我们逼真的效果。

插图为画面增色不少。

标题的装饰是下了一番苦心的。

构成味十足的画面。

篮球形象引人注目。

方与圆的对比，很有节奏。

将剪贴的插图勾个边，层次就丰富起来。

大优惠

百货营销

综合

POP

让人好心动的广告。

简单的元素组成，很见功底。

粗的框线与主题结合得不错。

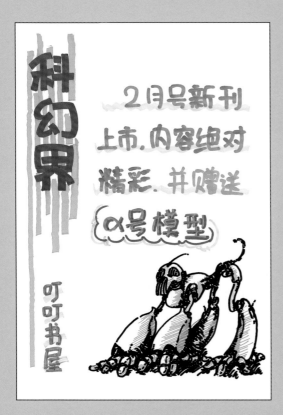

清凉的色彩让人心旷神怡。

温馨的画面又有几分浪漫情调。

大面积的黑色，够力度。

潇洒的线条，可爱的插图，视觉效果不错。

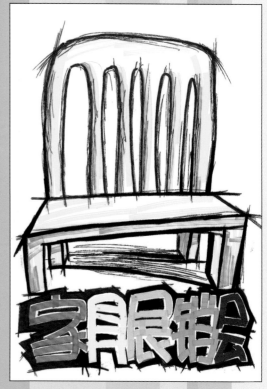

用速写形式来表现的插图别有一番滋味。

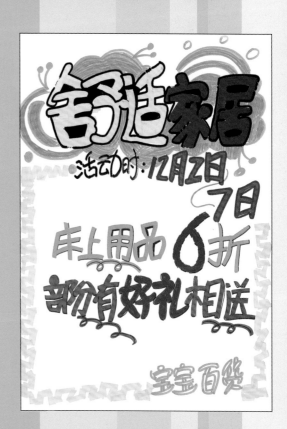

色块的分割让人的视线更集中在内容上。

轻松幽默，贴近生活。

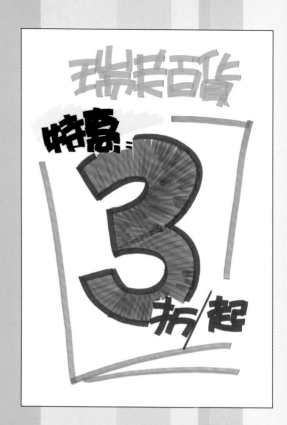

扭动弯曲的线条把人们的目光聚焦到画面中心的
文字。

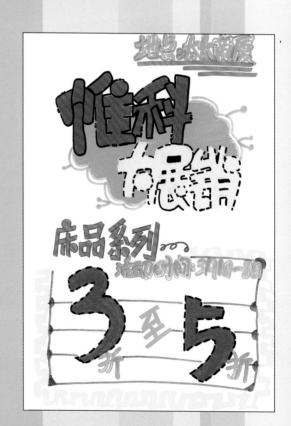

手法相当老练的一幅作品。

有力度的标题字体。

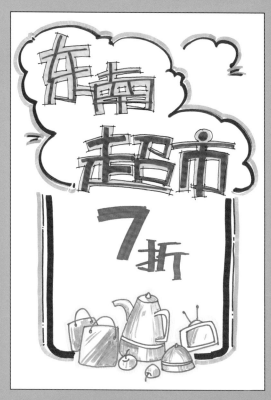

版式、色彩设计一目了然。

版式和意境都非常棒。

方格

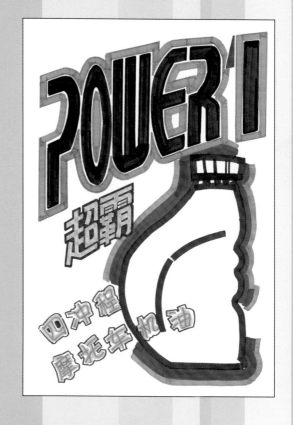

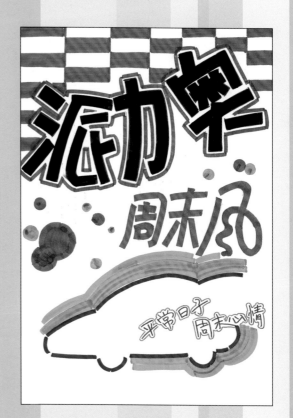

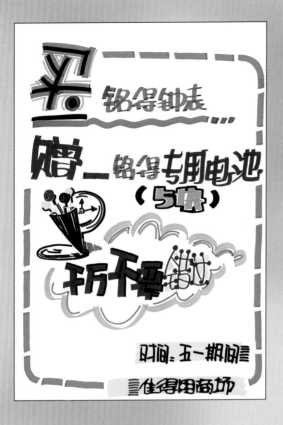

这车还真够酷。

标题设计有创意。

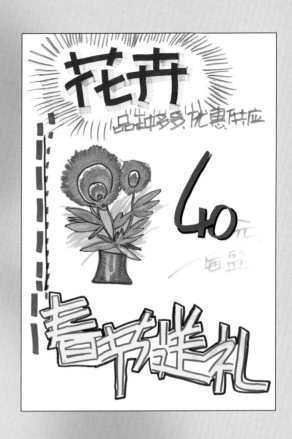

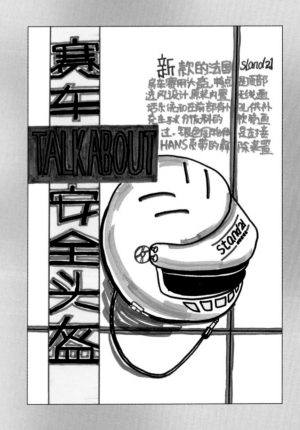

酷毙了的小狗，酷毙了的万能工具箱。

图文并茂，一目了然。

雨中浪漫，不错的感觉。

幽默的插图锦上添花。

可爱的图形营造了温馨。

全部是字，但主次得体，重点突出。

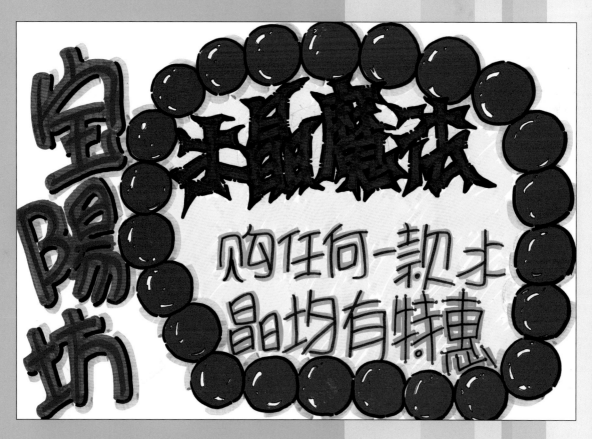

图书在版编目（CIP）数据

手绘POP．百货／陆红阳，喻湘龙主编．—南宁：广西美术出版社，2005.7
（创意营销）
ISBN 7-80674-176-3

Ⅰ.手... Ⅱ.①陆...②喻... Ⅲ.百货商店－商业广告－宣传画－技法（美术） Ⅳ.J524.3

中国版本图书馆CIP数据核字(2005)第079657号

本册作品提供：

张　静　巩姝姗　陈　晨　邓海莲　亢　琳　陈夏嫦　王雯雯　罗　莎　苏羽凌　梁丽英
黄　团　韦宁立　张　洁　莫　凡　郭　妮　古佳永　周　毅　方元辉　张文慧　陈顺兰
马尔娜　陈　旭　胡　瑾　韦禄橙　廖昆阳　阳宝方　闫　玮　黄　暄　樊海鹰　李　阳
周庭英　韦　燕　韦竞翔　李果园　李　说　韦　琳　高　璇　甘伶伶　韦艳芳　刘　畅
吕敏桦　张　琨　陆　超　陈雪春　钱　康　卢德梅　张宁莉　蒋　婷　陈成华　周　晗
初大伟　熊燕飞　龙　毅　何冬兰　何　莎　钟绮霓　罗人宾　姚　熙　陈建勋

创意营销·手绘POP
百货

顾　　问／柒万里　黄文宪　汤晓山　白　瑾
主　　编／喻湘龙　陆红阳
编　　委／陆红阳　喻湘龙　黄江鸣　黄卢健　叶颜妮　黄仁明
　　　　　利　江　方如意　梁新建　周锦秋　袁莜蓉　陈建勋
　　　　　熊燕飞　周　洁　游　力　张　静　邓海莲　陈　晨
　　　　　巩姝姗　亢　琳　李　娟
出 版 人／伍先华
终　　审／黄宗湖
本册编著／黄仁明
图书策划／姚震西
责任美编／陈先卓
责任文编／符　蓉
装帧设计／阿　卓
责任校对／欧阳耀地　陈宇虹　刘燕萍
审　　读／林柳源
出　　版／广西美术出版社
地　　址／南宁市望园路9号
邮　　编／530022
发　　行／全国新华书店
制　　版／广西雅昌彩色印刷有限公司
印　　刷／深圳雅昌彩色印刷有限公司
版　　次／2005年8月第1版
印　　次／2005年8月第1次印刷
开　　本／889×1194　1/16
印　　张／6
书　　号／ISBN 7-80674-176-3/J·481
定　　价／30.00元